闲坐数雁行

朱坤领 汉俳选

朱坤领 著
李正栓 英译
陈 斯 日译

暨南大学出版社
JINAN UNIVERSITY PRESS
中国·广州

Sit Counting Passing Geese Leisurely
—Selected Chinese Haiku by Zhu Kunling

图书在版编目（CIP）数据

闲坐数雁行：朱坤领汉俳选 = Sit Counting
Passing Geese Leisurely——Selected Chinese Haiku
by Zhu Kunling：汉、英、日 / 朱坤领著；李正栓英
译；陈斯日译. -- 广州：暨南大学出版社，2024. 12.
ISBN 978-7-5668-4054-7

Ⅰ. I227

中国国家版本馆 CIP 数据核字第 20242HK197 号

闲坐数雁行——朱坤领汉俳选

XIAN ZUO SHU YAN HANG——ZHU KUNLING HANPAI XUAN

著　者：**朱坤领**　英　译：**李正栓**　日　译：**陈　斯**

···

出 版 人：阳　翼
策划编辑：杜小陆
责任编辑：康　蕊
责任校对：刘舜怡
责任印制：周一丹　郑玉婷

出版发行：暨南大学出版社（511434）
电　　话：总编室（8620）31105261
　　　　　营销部（8620）37331682　37331689
传　　真：（8620）31105289（办公室）　　37331684（营销部）
网　　址：http：//www.jnupress.com
排　　版：广州良弓广告有限公司
印　　刷：广州市友盛彩印有限公司
开　　本：787mm×960mm　1/16
印　　张：16.25
字　　数：230 千
版　　次：2024 年 12 月第 1 版
印　　次：2024 年 12 月第 1 次
定　　价：80.00 元

序

　　中山大学外国语学院朱坤领博士是我的好友，汉俳创作十分精到，他的《闲坐数雁行——朱坤领汉俳选》即将由暨南大学出版社付梓，邀我这个曾经专攻日本俳句研究的人为其撰写一篇小序，我感到由衷的高兴，这也是作为同事及朋友的信任。朱坤领博士作为新性灵派诗人，除了专注于自由体诗歌的吟咏之外，还能够作为日课，以近乎每天都有所产出的高频率创作出了大量的汉俳诗作，几乎达到了痴狂的程度，这也丰富了他的执教生活，同时更治愈了其作为诗人的感性人生。

　　汉俳注重诗语的季节性，更兼顾韵律和修辞，从而表达诗人的感兴。朱坤领博士的汉俳在这方面做得尤为难能可贵，他擅长运用双关语、拟人法、词性转换等语法修辞，从而使诗意更加丰盈。其汉俳还有意象极为丰富的特点，在同一首诗里能够蕴藏较多的类似马致远《天净沙·秋思》中"枯藤老树昏鸦，小桥流水人家"的意象并列排比，使人读来深觉意味无穷。比如，本书中的《秋日》，其中就包含了大量的意象书写：残荷、菊花、北风、冷雨、衣裳、闲坐、雁行，在短诗型"5－7－5"的三句里就至少涵盖了七个意象词语，不得不让人思忖其意象间的关联性，因而也会产生出一种画面感，进而达到了"诗中有画"的意境。诗人能够做到"闲坐数雁行"，所表达的是一种闲情逸致，也是一种豁达潇洒的人生姿态，更是一种修行而得的人生境界。正所谓近似诗佛王维的"行到水穷处，坐看云起时"这一令人充满无限遐想的诗情画意与人生况味。

　　《残荷》的"花陨莲子落，蛙跳荷叶溅秋霜，绿消凉意长"，动感极强，枯荷溅秋霜，蛙跳莲子落。《小村冬日》的"鸡鸣唤红日，烟笼疏枝起晨炊，庭外黄犬吠"，诗人使得小村的冬日具有了

人间烟火气，不只是单纯地附庸风雅，而是写出了贴近生活的客观现实。《徒步》的"浓荫掩山径，鱼跃湖水戏花影，背囊竹杖行"，表现了诗人作为行旅之人依然不忘记录生活中的点点滴滴，此诗富有令人心旷神怡的野趣，以及鱼人之间的观照。而《扁担》的"石轻粒米重，竹节中空心坚诚，爱挑世不平"，颇有文以载道的精神追求。

　　总之，朱坤领博士的汉俳里具有孤残意境、高古意境、对弱小者的同情心。他写春日，细雨润物，万物葱茏，春日里的一切，生机勃勃，欣欣向荣；写夏日，夏日便有了颜色，垂柳夏荷绿，小麦杏子黄，好一个多彩的夏季，犹如印象派画卷般多彩清新；写秋日，既有旅人的哀愁，也有仙鹤的悠鸣，能够使人体会到人世间与大自然之间的聚散兴衰，在秋声里产生无限秋思，无常感油然而生，更能体会到生命的轮回；写冬日，则是运用了暗喻或隐喻的手法，令人拍案叫绝，雪花晶莹剔透，似梦如心花开放，雪景里炊烟袅袅，给冷寂的季节带来了人间温暖。"三更寒，掌灯煮清茶，诗半卷"，这首《立冬》，从原先"红叶渐飘零，霜迹茫茫留秋影，时令赶初冬"五言、七言、五言三句共十七字的汉俳转而做了减省表达，成为三言、五言、三言三句共十一字的变型汉俳，可谓短小精悍，清新脱俗。是否可以说这也是一种新性灵主义的表现呢？如果生活不美，诗人何以存活？可以说，正是生活的美造就了诗人，而诗人所创作的诗歌也救赎了诗人本身。他写哲思，引经据典，韵味横生，庄周梦蝶，雪花、梅花、鲜花，翩翩暗香来，恍如梦境里雪花飞舞之后，彩蝶纷飞，百花盛开，暗香盈怀；写自然与人事叠加，拂晓时分，林间鸟醒啾鸣，世间人睡鼾声；写人事，写出了温情，父亲温热的老酒、母亲熬制的汤羹、冰天雪地里的旧宅老竹，雪天路滑，心急仍需慢慢行路；写知音，情谊犹如一曲《广陵散》，美好得如同月还未残。请看：

广州之夜

街衢渐入梦，

车闪江桥贯彩虹，

灯罩不夜城。

光影

疏枝撒银线，

高楼明月映苍穹，

掩窗入好梦。

　　因为从朱坤领博士家的窗口可以望见夜间灯火璀璨的广州珠江上的海印大桥，因此也就可以理解他何以能够创作出如此美妙的诗句来了。读着朱坤领博士的汉俳诗句，禁不住觉得号称千年商都的广州，并不是充斥着铜臭味的都市，而是一个充满了温馨与热情的广州。就此，以朱坤领博士的诗集作为枕边书，也是一件美好的优雅之事。

　　广州之夜，灯火阑珊，光影横斜，掩窗入梦。

　　是为序。

佟　君

2024 年 8 月 22 日夜写于广州紫荆斋

（佟君，博士，中山大学教授、广东工业大学特聘教授、日本国立冈山大学海外特聘教授。）

用最短的汉俳传播颤栗之美

——朱坤领（霜剑）博士的汉俳解析

在汉语诗歌五花八门的样式中，汉俳以其独特的风姿成为当代诗坛的一角风景。在我看来，汉俳浮动出一种隐约与含蓄之美：简约而深刻，淡然而颤栗，正如汉俳大家林林先生所言："景虽在眼前，但不是一览无余，却是十分幽远淡雅。它有层次，有现有隐，现中有隐，并非王国维所说'隔'，也不是一般说的'朦胧'"。也就是说，这种隐约之美给读者留下了广阔的想象空间，也给汉俳增添了许多余情雅趣，使其更具诗的味道。这就是为什么很多人尝试汉俳而不得的原因所在，看似简约简单，实则深远深邃。如霜剑的《小桥》："柔枝垂池心，小桥曲折恨无人，睡莲听梵音。"把生命的躁动和孤独寄托于平静和超然之中。

俳句最初源于日本，是深受中国绝句影响并在日本发展起来的古典短诗。日本的俳句一般都是由十七音组成，每一首俳句都有季语。季语一般分为两大类，一是自然现象，包括：时令、风月云雪、鸟兽鱼虫、花草树木；二是社会现象，如宗教、人事等。而汉俳是用汉民族语言吟咏和创作的俳句，汉俳是中日诗词融合的产物，具有与日本俳句相同的特点，它短小凝练，可文可白，便于写景抒情，可深可浅，可吟可诵。在我看来，就是同一种诗歌形式。汉俳的字数由"5－7－5"共17字组成，对应日本的十七音，以3句17音为一首，首句5音，次句7音，末句5音。即：第一句5字为首，第二句7字为腹，第三句5字为尾。汉俳书写要求严格，同样受"季语"限制，同时还包含"切字"。所谓季语是指用以表示春、夏、秋、冬及新年的季节用语。比如，"骤雨""雪"等表现气候的用语，还有像"蝉""樱花"等动物、植物名称。而"切字"主要是用来断句、表示语调或者感叹，以增强句

子的层次感和音乐之美。汉俳的韵律一般要求三句同韵，或者一、三句同韵，或者二、三句同韵。汉俳的意境与汉诗多有相通之处，它的妙处在于攫住大自然的微光浅梦，捕捉飘忽的瞬间感觉，并与诗人的奇思妙想对应起来，形成一种幽情单绪，蹑景追飞，情理交融，从而在刹那间定格永久的诗语。因此，汉俳措辞纤巧，以言浅意雅为高，情境幽美为佳。

朱坤领博士就是这样一个言简意雅、妙语玄思的诗人。他在汉俳中展现了悠远的自然观，即：聚浓郁的诗思于凝练的诗语之中，仿佛生命的某一次闪亮，或者颤栗。他通过季语的引入，切入其内心的感悟，最终回归到自然和人性的律动。在他的汉俳中，由于其自身的切入，写景不再复制自然和简单地呈现自然，而是形成诗人的独特之景。而此时，现实的自我却转身离去，个人情感看不见了，思想和经历也看不见了，闪烁在读者眼前的是自然之美感和心的颤动。因此，他的汉俳就有了这样的妙句：

残雪迎惊蛰，
春分清明新柳扬，
风和谷雨忙。

在这首汉俳里，他刻意运用的四个节气都是双关语。惊蛰是惊醒的蛰（昆虫），而春分体现了分春，清明是清新明亮的意思，谷雨是种谷之雨，表达了整个春天的生机与变幻，既是现实的春天，也是心灵里的春天。这种富有生命力的季节呈现，是其灵魂在季节里的搏动，节气的轮换是现实与理想的相互交融，在艺术上则得益于双关语的运用。

荷残菊花开，
北风冷雨添衣裳，
闲坐数雁行。

而在这首汉俳里，他强调了时空对自然的影响，尤其是时空对人类精神深处的投影。他想说的是，即使有"荷残"与"冷雨"，我自有"衣裳"和"雁行"，这种动荡的时间折射，却孕育诗人的自我修正与自由的感觉。

溪清雾气腾，
雪线皑皑渡船横，
木屋缥缈梦。

在这里，霜剑表达了自我与自然的交融方式。他可以看到"雪线"之上，孤独的"船"在横渡，即使在迷茫的"雾气"里，未来的路也许模糊不清，但不可模糊的是雪地里"木屋"的梦境和意境，是心灵向寒冷世界发出的声音。他的汉俳以一种隐含的方式潜藏于他的生命意识当中，成为他汉俳书写和审美联想的艺术基础，也是他透过自然物象领悟生命意蕴的简约的思考方式，而这种方式正是汉俳的精神所在。

水静无月明，
云彩飘荡飞鸟迎，
杳杳海连星。

从这首汉俳可以看出，霜剑的心灵深处总是与天和地联系在一起。从"月"中看到天空的浩瀚与辽阔，从"云彩"和"飞鸟"中感受自然的和谐与动静，从"杳杳"的海与星中体验自然的深与邃。他的汉俳没有那些灰暗与凄清的氛围，他用简约而深刻的意象展示了对自然和生命的向往，从而展开了他汉俳的视觉根须。我觉得他的汉俳以一种爽朗的言说方式，揭示了大自然的神秘与神圣，使他的诗歌语言和周遭世界形成了一种对称或对抗，而诗人自己却从中抽身而去，形成了人与自然的相互观照和交融。

我一直认为，自然观与生命观是不可分割的整体，生命观的

蕴味无限，引得许多大家对这一瞬间进行了自我阐释。而霜剑的很多汉俳也体现了对某一瞬间的感悟，从而触摸到生命的震颤。

> 丹青碧水长，
> 渔歌清亮山迷蒙，
> 孤舟溯春光。

在这里，一个"溯"字就把"春光"揽入"孤舟"，碧水悠悠，渔舟唱晚，从而使"迷蒙"的命运之旅扬起了自由的风帆。这特有的瞬间体现了霜剑强烈的生命意识。他把艰难的生命旅程付诸清亮的浅吟低唱。在他看来，传统的时间观念将时间等同于空间，把时间看成是可分的由一个个瞬间组成的，而实际上一个个瞬间无法构成真正的时间，真正的时间是绵延不绝之流。如同这"丹青碧水"，悠悠绵长。海德格尔认为时间是动态的，时间不是一维的而是立体的，不是"过去""现在"和"将来"的线形贯穿，而是整体的"过去""现在"和"将来"同时到达。真正的时间不是以"现在"为核心的过去、现在、将来，而是在静止凝定的瞬间里，让时间之光烛照真正的人生，为我们记录生命存在的意义。由此可见，霜剑的"孤舟"就很好地记录了那一瞬间的意义。

> 四野静无风，
> 群山倒映湖面平，
> 苍天透心灵。

在这首与水有关的汉俳中，霜剑的瞬间就体现在一个"透"字上。我一直在想，霜剑的汉俳特别钟情于水，因为水正是时间最直观的表达。古人的"一江春水向东流"就是暗喻物换星移、世事变迁的道理，一切繁华枯荣终将随流水消逝。在这里，我们

仿佛看见一个人站在"无风"的旷野，"湖面""倒映"着"群山"的影子，其实是无边的苍穹藏在心中，达到物我两忘，天人合一的精神境界。

> 枝头听金蝉，
> 一根鱼竿一支烟，
> 河岸钓悠闲。

这首汉俳用白描的手法，让心中的烦忧一扫而光。"金蝉"是声音，"烟"是思考，尤其这个"钓"字，仿佛时间在"鱼竿"上跳跃，既没有对往日时光的留恋，也没有对未来的展望，此时此刻就是"悠闲"一下，沉重的生命脚步需要停歇，才能听到秋天的足音。我认为，汉俳的时间之感实质上是生命流动之感，它在形式上是一种直觉之感，在本质上则是一种触动心灵的审美之感。霜剑正是通过直接的时间感悟体验到生命隐约的呼吸，在烟雾缥缈中体验生命的自由与任性。正如古人所言：纵浪大化中，不喜亦不惧。

朱坤领的汉俳具有独特的辨识度，是基于其汉俳所书写的自然观、生命观和时间观。这种即兴性、自在性和音乐性的语言，正是对中国几千年诗歌表达的完美传承。但我也想说，他的汉俳有很多优美的篇什，但有些句子写得过于随意，忽略了汉俳的特点和规律，即：汉俳的季语和韵律，还有炼字与炼意。我认为任何一种诗歌样式都有其独特的形式、意义和表现手段，如果任何5－7－5共17字的短句都可以称为汉俳的话，是否违背了其微光浅梦、字简情遥的初衷？仅供霜剑兄弟参考。但瑕不掩瑜，作为一位汉俳的探索者，霜剑的汉俳逐渐被很多学者和读者所赏识，除了其词巧情纤、言简意赅之外，还在于他诗语的舒缓与柔和，其语境和语调既有忧思亦有童趣，既有画面亦有剪辑。他的汉俳大致押韵，保持相近的节奏和章法，在形式和结构上亦有规律，而

在规律中又寻求灵活多变，所以我说：霜剑的汉俳是当代诗坛的一道独特风景，不仅能够抚慰技术时代人类的心灵，更可引导人类踏上回归古典之途，而这些生命的瞬间记忆，正是我们每一个现代人都可以深情回望的、遥远的精神故乡。

李　磊

2024 年 8 月 26 日

目录

CONTENTS 目録

选入《七剑诗选》的汉俳
Chinese Haiku in *Seven Swordsmen's Anthology of Poetry*
『七剣詩選』に入選した漢俳

花木篇

Chinese Haiku on Flowers and Trees

花木編

家乡篇

On Hometown

故郷編

珠江组诗

Suite Poems on the Zhujiang River

珠江のシリーズ詩

选入《七剑诗选》的汉俳

Chinese Haiku in *Seven Swordsmen's Anthology of Poetry*

『七剣詩選』に入選した漢俳

春

残雪迎惊蛰，
春分清明新柳扬，
风和谷雨忙。

Spring

Unmelted snow greets the Insects-awakening Day,
Spring Equinox, Pureness and Brightness green new willows,
Busy are the wind and rain for grain-growing day.

春

残雪は啓蟄を迎え、
春分清明新柳は揚がり、
風は和やかで穀雨と共に忙しい。

残荷

花阴莲子落，
蛙跳荷叶溅秋霜，
绿消凉意长。

Fading Lotus

Blossoms fade and lotus seeds do fall，
Frogs play on lotus leaves splashing autumn frost，
Green hue ends and cold does enthrall.

残荷

花は枯れて蓮子は落ち、
蛙は蓮の葉を跳び秋霜を飛ばし、
緑は消え涼意が増す。

小村冬日

鸡鸣唤红日,
烟笼疏枝起晨炊,
庭外黄犬吠。

A Winter Day in a Village

Cocks crow to call for the red sun,
Morning cooking sends smoke into sparse branches,
Outside courtyard yellow dogs bark.

小村の冬日

鶏の鳴き声は紅日を呼び起こし、
煙は疎ら枝に籠り朝炊が立ち、
庭外の黄犬が吠えている。

选入《新性灵主义诗选》的汉俳

Chinese Haiku Anthologized into *Neo-Inspirationalist Anthology of Poetry*

『新性霊主義詩選』に入選した漢俳

徒步

浓荫掩山径，
鱼跃湖水戏花影，
背囊竹杖行。

Hiking

Mountain trails are concealed by thick shade,
Playing with flower shadows, fish leap in lake water,
Knapsack on back, I walk with a bamboo cane.

徒步

蔭は深く山路を隠し、
魚は湖水を躍り花影に戯れ、
嚢を背負い竹杖を持って行く。

紫玉兰

南国寒意尽，
雪借风骨梅借魂，
花开玉堂春。

【注】紫玉兰在广州又称玉堂春。

Purple Magnolia

In the south it is no more chilly,
Snow gains strength while plums gains soul,
Spring flowers bloom nicely.

Note：In Guangzhou, purple magnolia is also called Yutangchun.

紫木蓮

南国の寒意は尽き、
雪に風骨を借りて梅に魂を借り、
花咲く玉堂春。

注：広州では、紫木蓮はまた玉堂春と称する。

踏雪寻梅

初日催人起，
岭南梅绽冬来迟，
雪重马蹄疾。

Seeking Plum on Snow

People are urged to rise by the rising sun,
In Guangdong blooming plums delay winter's day,
Snow is heavy while galloping horses run.

雪踏み梅尋ね

初日は人が起きるのを促し、
嶺南の梅が綻び冬が来るのは遅く、
雪は重く馬蹄は疾い。

春江

丹青碧水长，
渔歌清亮山迷蒙，
孤舟溯春光。

Spring River

Nice clear water makes a sight，
Fishing songs ring while hills are misty，
A lone boat seeks spring light.

春江

丹青碧水は長く、
漁歌は清亮で山は朦朧と霞み、
孤舟は春光を遡る。

枯树

根深萦巉岩，
龙干虬枝气悠然，
枯心问九天。

Withered Vine

Its deep root clings to the steep rock,
Its branches' leisure gives people a shock,
Its deep heart does the heaven knock.

枯れ樹

根は深く巉岩に纏わり、
龍のような幹と虬のような枝悠然たる気概、
枯れた心は九天に問う。

四季篇

On the Four Seasons

四季編

元夕

瑶池宴众仙，
彩云追月凡尘眷，
万姓仰头观。

The Lantern Festival

All immortals feast in the immortal abode，
Colorful clouds chase the moon and care the world，
All people look up at the sky brave and bold.

元夕

瑶池で衆仙を宴に招待、
彩雲は月を追い凡界をかえりみて、
万姓は頭を仰ぎそれを観る。

元旦前夕

煮酒雪亦暖，
词赋心曲墨未干，
举头望来年。

New Year's Eve

With Baijiu heated，warm is the snow，
I write poems my heart to express and show，
I look up to expect the coming year.

元日前夕

酒を煮て雪は亦暖かく、
詞賦心曲墨は未だ乾かず、
頭を挙げて来年を望む。

南国早春

日暖风催花，
衰叶飘落彩云起，
学童换新牙。

Early Spring in the South

The warm sun and winds bud the flower,
Faded leaves fall and colored clouds hover,
School children begin to renew new teeth.

南国の早春

日は暖かく風は花を促し、
枯葉は舞い降りて彩雲は舞い上がり、
学童の新しい歯が生え変わる。

春日即景

细雨润葱茏，
微风起处飘飞樱，
枝间幼鸟鸣。

A Spring Scene

Drizzle moistens verdant green,
Breeze sends faded petals to fly again,
In trees baby birds begin to sing.

春日即景

霧雨は草々を潤し、
微風の立つ所に桜が舞い踊り、
枝間に雛鳥が鳴いている。

春雨

春雨天河来，
淅淅沥沥催花开，
人间添光彩。

Spring Rain

The vernal rain falls from the sky's river,
It falls continuously and urges to bloom the flower,
Bringing to the human world a new color.

春の雨

春の雨は天の河より来て、
しとしとと花咲きを促し、
人間界に光彩を添える。

南国早春

老枝发新绿，
妍妍花开紫玉兰，
朝阳回春暖。

Early Spring in the South

Old twigs have greened again,
Beautiful purple magnolia has bloomed,
The morning sun is warming us.

南国の早春

古枝は新緑を発し、
綺麗に咲き乱れる紫木蓮、
朝陽は春の暖かさを取り戻す。

春分

细雨下朦胧，
淡黄遍地稚鸟鸣，
嫩绿天外声。

Spring Equinox

Misty drizzles fall to the ground,
Yellowish baby birds sing all around,
From Heaven comes this sound.

春分

霧雨は朦朧と降り続け、
大地は一面に淡黄色に染まり雛鳥が鳴いて、
若緑の天外の声。

春之声

蛰初惊，
东风幼芽萌，
春之声。

Sound of Spring

When insects begin to awake，
Vernal breeze urges buds to bloom，
Sound of Spring it does make.

春の声

蛰は初めて驚き、
東風に萌えた幼い芽、
春の声。

垂柳

梳妆毕，
青丝春意珊，
拂窗帘。

Hanging Willow

Having made up nicely,
Spring plays everywhere merrily,
Kissing curtain sweetly.

垂柳

化粧を終え、
青糸春意は晩く、
窓の簾を拂う。

春天·衷曲

枯枝鸣新绿，
果陨花残叶归泥，
魂返容颜去。

Spring： Heartfelt Music

Old twigs sing of new green，

Ill-born fruits， faded petals and leaves to dust return，

Beauty gone， soul does remain.

春·衷曲

枯れ枝は新緑を鳴いて、
果実は落ちて花は残り葉は泥に帰り、
魂は返り容顔は去っていく。

春月

夜迷蒙，
花树缀群星，
照心空。

Spring Moon

Night is misty,
Blossoms look starry,
Heart is empty.

春の月

夜は朦朧と霞み、
花の樹に群星を綴り、
心の空を照らす。

望春

凌云霜雪凝，
山高苦寒炼劲松，
原野趁东风。

Expecting Spring

In high clouds，frost and snow freeze，
On high mountains bitter cold makes pines sturdy，
The wild fields are near vernal breeze.

望春

凌雲霜雪は凝り、
山高苦寒勁松を鍛え、
野原で東風を追いかける。

夏色

垂柳村道旁，
麦浪翻滚杏子黄，
荷清榴花放。

Summer Hue

Along village roads hang the willow,
Waves of wheat toss and apricots turn yellow,
Lotuses are nice and guava flowers grow.

夏の色

垂柳は村の道沿いで、
麦の波は湧きあがり杏子は黄色く、
蓮は清く石榴の花は咲いている。

初夏

花瓣雨，
时光脚步匆，
听蛙鸣。

Early Summer

Petals and rain,
Hasty time and steps again,
Frogs croak in tune.

初夏

花びらの雨、
匆々たる時光の足取り、
蛙の鳴き声を聞く。

夏至

三伏悄然近，
风雨大作传雷鸣，
夜半听蛙声。

Summer Solstice

Hottest summer comes nigh,
Thunders and storms have come by,
Midnight frogs croak high.

夏至

三伏は悄然と忍び寄り、
風雨は激しく雷鳴の轟きを伝え、
夜半に蛙の鳴き声を聞く。

秋声

七夕拜织女，
仙鹤长歌晚钟鸣，
蟋蟀也纵情。

【注】拜织女：中国民俗，每年七夕节举行。年轻女性在这一天晚上集体向
织女乞求智慧和巧艺，请她赐予美满姻缘。

Autumn Sound

People recall the Weaving Maid on Qixi,
Evening bells toll and cranes sing loudly,
Crickets also sing heartily.

Note：It is a Chinese custom that on the Qixi Festival, the double seventh
day on lunar calendar, young females beg the Weaving Maid for wisdom,
skill and perfect marriage.

秋の声

七夕に織姫に祈り、
仙鶴は長く歌い晩鐘は鳴り、
蟋蟀もまた存分に鳴き続ける。

注：織姫に祈ることは中国の民俗の一つ、毎年の七夕の日に行われる。七夕の夜、知恵と巧芸を求め、良縁を成就するため、若い女性はみんなで織姫に祈りを捧げる。

南国之秋

彩霞铺大地，
蕉林婆娑飞鸟唱，
夕阳换秋装。

Autumn in the South

Rosy clouds hover over the earth，
Banana plants rustle and birds sing，
The setting sun is in autumn clothing.

南国の秋

彩霞は大地に敷き、
蕉林は婆娑で飛鳥は唄い、
夕日は秋の装いに変わる。

秋雨

雨丝惊暖梦，
菊瓣摇落染归途，
羁旅绊晨钟。

Autumn Rain

Chilly rain startles the cozy dream,

Over the homeward journey petals fall off chrysanthemum,

Long sojourning hinders the matin bell.

秋の雨

雨の糸は暖かい夢を驚かし、
菊の花弁は揺れ落ち帰途を染めゆき、
旅暮らしの絆は晨鐘に伴う。

秋歌

花黄叶转红，
兴衰聚散无始终，
长空仙鹤鸣。

Autumn Song

Yellow leaves turn red,
Fallen leaves gather and disperse continuously,
In the sky cranes sing.

秋の歌

花は黄色く葉は赤くなり、
興衰聚散始終が無く、
長空に仙鶴が鳴く。

秋思·道之秋

气盈雨露出，
枝头阴阳炼有无，
万聚一果熟。

Autumn Thoughts：Autumn of Dao

The air is full over rain and dew，
Sunshine and shade dress the branches anew，
All fruits are ripe and mellow.

秋思·道の秋

気が満ちて雨露が出て、
枝先に陰陽は有無を鍛え、
万が集まり一果実が熟する。

秋思·禅之秋

果正叶转红，
苍茫历练白霜凝，
色空歧路生。

Autumn Thoughts: Autumn of Meditation

Fruit and leaves are turning red,
White frost forms from vastness and immensity,
Stray roads arise from life of lie.

秋思·禅の秋

果実は正に熟し葉は赤くなり、
蒼茫歴練白霜は凝り、
色空岐路が生じる。

秋思·伊甸园之秋

果落智慧熟，
炽烈羞煞造物主，
忏悔登方舟。

Autumn Thoughts: Autumn of Eden

Fruits are ripe and so is wisdom,
Imprudent passion overpowers the Creator,
Repentant man boarded Noah's Ark.

秋思·エデンの秋

果実は落ちて知恵は熟し、
熱烈な熱さは造物主に大恥をかかせ、
箱舟に乗ることを懺悔する。

秋思·哲之秋

万物何树结，
源头去路放形骸，
举杯神自来。

Autumn Thoughts：Autumn of Philosophy

All things on earth have a knot,

Passage to the source has a skeleton,

If you raise the cup, He comes out.

秋思·哲の秋

万物は何の樹に結び、

源頭と行道に形骸を放浪し、

杯を挙げて神は自らやって来る。

悲秋

冷雨常敲窗，
螺蛳壳里作道场，
叶落秋风扬。

Autumn of Woe

Chilly rain often taps on the window,
The field snail performs rites inside its shell,
Leaves fall and with autumn wind go.

悲秋

冷雨は常に窓を敲き、
田螺の殻で道場を作り、
葉は落ちて秋風は揚がる。

七夕

去年今夕远，
云绕朗月空间缈，
天河搭鹊桥。

Qixi Festival

Gone is the Qixi Festival of last year，
Clouds cluster the bright moon and vast is the sky，
Magpie Bridge is spanned on the Milky Way.

七夕

去年の今夕はすでに遠くなり、
雲は朗らかな月を囲み空間は縹緲で、
天の河に鵲橋をかける。

秋叶

十月寒霜起，
五彩缤纷秋意窥，
春来再轮回。

Autumn Leaves

October sees cold frost,
Autumn in all colors comes to peep,
Spring is to come again.

秋葉

十月に寒霜が起こり、
色とりどりに秋意を覗き、
春が来たら再び輪廻する。

秋之随想

北国枯草折，
长空雁叫西风凉，
大地起苍黄。

Random Thoughts on Autumn

Grasses bend or break in the north,
West wind is cold and geese croak in the vast sky,
Over the earth all is pale and yellow.

秋の随想

北国の枯草は折れ、
長空に雁は叫び西風は涼しく、
大地に蒼黄が起こる。

雪

天上来，
晶莹梦添彩，
心花开。

Snow

From the sky,
Crystal dreams come nigh,
Mood is high.

雪

天上より来て、
きらきらと夢に彩りを添え、
心の花が咲く。

雪禅

严寒赶时令,
北风沉重踪迹轻,
雪落禅无声。

Meditation on Snow

Severe cold comes around,
North wind is heavy but traces are light,
Snow falls without sound.

雪禅

厳寒は時令を追いかけ、
北風は重く踪跡は軽く、
雪は落ちて禅は無声のまま。

小村冬日之一

朔风驻，
雪落满人间，
起炊烟。

A Winter Day in a Tiny Village （Ⅰ）

The north wind is camped here,
Snow falls and fills the world everywhere,
Cooking smoke rises into the air.

小村の冬日その一

朔風は足を止め、
雪が人間界のを覆うように降り積もり、
炊煙が立つ。

小村冬日之二

晨烟升，
疏枝擎日影，
鸟雀鸣。

A Winter Day in a Tiny Village（Ⅱ）

Smoke rises in the morning，
Sparse branches raise the sun，
One can birds cry and sing.

小村の冬日その二

朝煙は立ち昇り、
疎ら枝は日の影を擎げ、
鳥雀が鳴いている。

立冬

三更寒，
掌灯煮清茶，
诗半卷。

Start of Winter

So cold at midnight，
Tea is cooked in candlelight，
Poems are in sight.

立冬

三更は寒く、
灯りを点し清茶を煮て、
半巻の詩。

瑞雪

金犬迎春到，
白衣仙子送福来，
玉树琼花开。

Auspicious Snow

The year of Dog now greets spring,
The fairy in white brings blessing,
Snow flowers are in full blooming.

瑞雪

金犬は春の到来を迎え、
白衣の仙子は福を持ち運んで来て、
玉樹は美玉のような花が咲いている。

冬夜

月低夜风寒，
乡音凝霜火炉旺，
归途呼儿还。

Winter Night

The moon is low, night wind is cold,
Hometown accent, dense frost, merry stove,
Homeward journey calls on to go.

冬の夜

月は低く夜風は寒く、
郷音凝霜焜炉の火は燃え上がり、
帰途は息子の帰りを呼んでいる。

冬色

清风扬碧空，
湖映晚霞怀雪梦，
芦花蒲公英。

Winter Hue

A clear wind blows in the azure sky,
Sunset glow in the lake dreams that snow will fly,
Reed catkins and dandelion are nearby.

冬の色

清風は碧空に揚がり、
湖は夕焼けを映し雪の夢を懐に抱え、
蘆花に蒲公英。

雪

瑟瑟北风吹，
寒冬一夜梦添彩，
白衣仙子来。

Snow

The soughing north wind was chilly,

In severe winter dreams were colored overnight,

From the sky came the fairy in white.

雪

さわさわと北風は吹き続け、
寒い冬の一夜に夢に彩りを添え、
白衣の仙子がやって来た。

雪松

北国起寒风，
笑看彤云万千重，
洒脱飞雪中。

Cedars

Cold wind arises in the north,
Cedars watch myriad red clouds with smiling glow,
They stand smartly in whirling snow.

雪松

北国に寒風が吹き始め、
笑いながら万千と重なる赤雲を見渡し、
洒脱の飛雪の中。

大寒

雪飘翠枯松，
瘦竹气盈兰香清，
梅开万千重。

Great Cold

Snow flies into green pines,
Slim bamboos are robust, the orchid is sweet,
Plums bloom in rows and lines.

大寒

青い枯れ松に雪が舞い降り、
痩せ竹の息が溢れ出て蘭の清らかな香りが漂い、
万千と重なる梅が咲いている。

花木篇

Chinese Haiku on Flowers and Trees

花木編

禾雀花藤

花期散，
枯心忆昔颜，
藤纠缠。

Dream Birdwood Vine

The flower season is over,
The dead heart recalls past luster,
The vines entangle one another.

禾雀花の藤

花の期が散り、
枯れた心は昔の顔を思い出し、
藤が纏れている。

樱花

樱乍放,
抬步赶春阳,
岁月长。

Cherries

Cherries begin blooming,
They raise steps to follow the sun of spring,
Time is everlasting.

桜の花

桜が咲き始め、
足を挙げ春の太陽を追いかけ、
歳月は長い。

槐花

花开春成串，
位卑未敢忘黎庶，
清香胜牡丹。

Locust Tree Blossoms

Locust trees bloom in clusters in spring，

Though humble，they still remember common being，

Its sweetness outdoes that of peony.

槐の花

花が咲いて春に串となり、
位卑だけど黎庶を忘れがたし、
清らかな香りは牡丹にも勝る。

莲花

灵山闭门坐，
前生心结莲洗却，
恒河渡成佛。

Lotus

In Lingshan he sat within closed gate，
His former heart knots were washed by lotus，
He became a Buddha by the Ganges.

蓮の花

霊山で扉を閉めて座り、
蓮は前生の思い残しを洗い落とし、
恒河で済度し成仏する。

水仙

仙子降九天，
绿装花黄托笑脸，
风清舞翩跹。

Daffodil

The fairy descends from the Ninth Heaven,

Her flowers are yellow and she smiles dressed in green,

She dances with the wind clear and serene.

水仙

仙子は九天より舞い降り、
緑の装い黄色い花は笑顔を映し、
清らかな風にさやさやと舞う。

竹

笋声细，
竹节架通衢，
纳空虚。

Bamboo

Young bamboo is slim and thin,
The bamboo joint frames thoroughfare,
It admits emptiness within.

竹

筍の声が細く、
竹の節は通衢を架け、
空虚を納める。

腊梅

魂重花轻盈，
前生冰雪后世泥，
开谢两相依。

Wintersweet Flower

Its soul is heavy but its flower is light,
It is snow first and mud late in terms of sight,
Blooming or fading are connected tight.

臘梅

魂は重く花は軽く、
前生は氷雪だが後世は泥になり、
咲くのも散るのも寄り添うもの。

题暗黑中之梅花

天寒夜犹暗,
春梅傲雪破岁出,
情怀满人间。

On Plums in the Dark

Cold is the weather and dark is the night,
Spring plums bloom against snow heavy and white,
Emotion fills the whole world dim or light.

题暗黑中の梅の花

天寒のゆえ夜はさらに暗くなり、
春の梅は雪を恐れず歳を破り出ていき、
情懐は人間界に溢れている。

夜来香

性孤避哗喧，
夏夜漫长花开短，
只为星光看。

Night Willow Herb

Unsociable and escaping from sight,
It blooms for short during long summer night,
It blooms only to see the starlight.

夜来香

性は孤独を好むゆえ喧噪を避け、
夏の夜は長く花咲きは短く、
ただ星の光に見せるだけ。

石榴

五月火花红，
金杯酒醇籽晶莹，
心清耀眼明。

Pomegranate

Its blossoms are like fire in May,
Its seeds are crystal in golden cups with mellow wine,
Its serene heart dazzles eyes' ray.

石榴

五月の花は火のように赤く、
金杯酒醇にきらきらと輝く粒々、
心は清らかで目を輝かせるように明るい。

荔枝

佳果妃子笑，
挂绿红熏糯米糍，
鲜甜当如斯。

Litchi

"The concubine smiles" is a fine fruit，

"Wearing green"，"red smoked" and "glutinous rice cake"，

Nothing is fresher，sweeter than this fruit.

荔枝

佳い果実の妃子笑、
掛緑に赤く熏された糯米糍、
当にこのように新鮮で甘い。

柿子

枯枝挂红灯，
秋风缥缈夜无踪，
恋夏觅雪影。

Persimmon

On twigs hang red lanterns one after another,
They flutter in autumn wind and at night disappear,
They seek snow and also love summer.

柿

枯枝に赤い提灯を掛け、
秋風は縹緲で夜は跡がなく、
夏が恋しくて雪の影を探し求める。

杜鹃花

春来花开艳，
啼血声声山红遍，
枝头飞杜鹃。

Azalea

Azaleas bloom colorfully in spring,
They bloom all over the hills, cry or sing,
Cuckoos fly over boughs in a ring.

杜鵑花

春が来て花は艶やかに咲いて、
啼血の鳴き声に一面の山が赤一色に染まり、
枝先に杜鵑が飛んでくる。

腊梅之一

盛开当凌寒，
风做骨骼雪为衫，
清香胜春天。

Wintersweet（Ⅰ）

Severe cold causes wintersweet to spring,
Wind is their bone and snow their dressing,
The perfume outdoes the sky of spring.

臘梅その一

当に寒さを凌ぐように咲き乱れ、
風を骨骼に雪を衫に、
清らかな香りは春にも勝る。

腊梅之二

君自腊月来，
朔风冰凌蒙天籁，
傲雪独自开。

Wintersweet（Ⅱ）

You come from lunar December,
Against north wind, ice and sounds of nature,
In snow you bloom with laughter.

臘梅その二

君は師走より来て、
朔風氷凌は天籟を蒙り、
雪の中気高く独りで咲き誇っている。

梅

瑟瑟冬日中，
梅开三弄舞寒风，
花红香亦清。

Plum

Plums rustle in severe winter,

They sport three times and dance in cold norther,

The petals are red and the smell is sweeter.

梅

さわさわとする冬の日の中、
三回と弄して咲いた梅は寒風に舞い、
花は赤く香りもまた清らかだ。

梨花

春至冰霜绝，
银瓣玉蕊遍原野，
三月梨花雪。

Pear Blossoms

When spring arrives, ice and frost are out of sight,
Silver petals and jade stamens are all over the site,
In March pear blossoms are snow clean and white.

梨の花

春が至り氷霜は絶え、
一面の野原に銀の花弁と玉の蕊を敷き、
三月の梨花の雪。

牡丹

三九傍风霜，
逆旅练就真国色，
灵魂萦天香。

Peony

Against the coldest days of the year,
In diversity it tempers into a national beauty,
Its soul fills the sky with sweet flavor.

牡丹

三九の時は風霜を傍にし、
逆行の旅は真の国色を練成し、
天の香りは魂に纏わりつく。

松

扎根巉岩中，
啸傲东西南北风，
隐隐见雪影。

Pine

Deep-rooted in rocks hard and steep,

It outdoes winds from all directions leisurely,

From whose branches snow does peep.

松

巉岩の中に深く根を下ろし、
吹き荒れている東西南北の風に気高く嘯き、
微かに見える雪の影。

松柏

天地生本性，
挂碍霜雪万千重，
傲立寒风中。

Pine and Cypress

They are born of same nature,
They hold frost and snow one after another,
Standing with pride in cold norther.

松柏

天地は本性を生み出し、
万千と重なる霜雪に思いを寄せ、
気高く寒風の中に立つ。

雨中落花

春来百花盛，
恋枝依依飘落红，
凄凄闻雨声。

Fallen Flowers in the Rain

All flowers bloom in spring,
They fade and fall though to branches they do cling,
Windy and rainy sounds ring.

雨中の落花

春が来て百花は咲き乱れ、
依々と枝が恋しいけれど落ちてゆく紅色、
悲しく雨音を聞く。

油菜花

春分光焰长,
细雨斜风起苍黄,
大地披金装。

Rape Flower

Daylight gets longer at the equinox of spring,
Fine rain and slant wind make green and yellow,
The earth is donned with golden clothing.

菜の花

春分に光の焔も長くなり、
霧雨に斜め風は蒼黄を引き起こし、
大地は黄金の衣装をまとう。

腊梅

三九当季来，
骨盈风清榴花梦，
痴心向雪开。

Wintersweet

The coldest days of the year are in season,
Bones are hard, winds are serene with pomegranate dream,
They are eager to be exposed to snow scene.

臘梅

三九は当に季節通りに来て、
骨は満ちて風は清く石榴の花の夢、
痴心は雪に向かって咲く。

国槐

叶茂花素洁，
根深干硕留鸟雀，
气壮北风烈。

Chinese Scholar Tree

Leaves are lush, blossoms are white and pure,
Its deep root and sturdy trunk do retain birds of all feather,
Strong is its spirit and wild is the cold norther.

槐

葉は茂り花は素朴で潔白、
根は深く幹は大きく鳥や雀を留め、
気迫は壮大で北風は激しい。

梨花

留雪影，
梦酣泼墨浓，
古琴声。

Pear Blossoms

Traces of snow are seen,

In sound dream painting brushes come and go,

Ancient zither is in tune.

梨の花

雪の影を留め、
夢は酣でかけた墨は色濃く、
古琴の音。

木棉之一

鼓角烽火熔，
剑光连天家书影，
西窗烛泪声。

【注】木棉花又名英雄花。

Kapok（Ⅰ）

Drums, horns and beacon fire,
Letters from family are obstructed by sword and fire,
Window, candlelight and tear.

Note：Kapok is also called hero flower.

木綿その一

戦鼓と角笛に烽火が溶き、
剣の光は天を連ね家書の影、
西窓の燭涙の音。

注：木綿の別名は英雄花という。

木棉之二

花硕迎春风，
躯直魂盈栖金凤，
火炬映苍穹。

Kapok （Ⅱ）

Large blossoms greet the wind of spring,
Kapok's body is straight, its soul is full, like golden phoenix perching,
The firmament the torches are reflecting.

木綿その二

花は大きくなり春風を迎え、
体はまっすぐで魂は満ちて金の鳳凰はそこに棲み、
松明は蒼穹に映る。

杏花

春归人离愁，
蜂蝶未解东风意，
素颜花含羞。

Apricot Blossoms

Spring returns and people sigh，
Bees and butterflies fail to know eastern breeze's meaning，
Unadorned blossoms are shy.

杏の花

春は帰り離れた人は哀愁漂い、
蜂や蝶は東風の意を未だ解らず、
素顔の花は含羞のまま。

竹

故园竹丛青，
雪笼枝头雄鸡鸣，
春讯唤村童。

Bamboo

In hometown the bamboo is green,
Snow covers branches where cocks crow,
Spring calls on the village children.

竹

故園の竹の叢は青々となり、
雪は枝先に籠り雄鶏は鳴いていて、
春の便りは村童を呼んでいる。

牡丹

冰霜炼筋骨,
庄容妍妍春意深,
真气聚国魂。

Peony

Frost tempers muscle and bone,
The appearance is pretty and spring is profound,
It is really the soul of a nation.

牡丹

氷霜は筋骨を鍛え、
荘容は綺麗で春意は深くなり、
真の気に国の魂が集う。

石榴

叶葱茏，
五月风雷动，
榴花红。

Pomegranate

Green are the leaves with lusters,
In May come winds and thunders,
Red are the pomegranate flowers.

石榴

葉は青々と茂り、
五月に風雷が動いていて、
石榴の花は赤い。

文竹

傲冠竹清名，
书桌一隅翰墨浓，
心怀劲松影。

Asparagus Fern

More proud than a bamboo fine,
Like a painting on one corner of the writing table,
It cherishes shadow of a study pine.

文竹

気高く竹の清い名を冠し、
文机の片隅に翰墨は色濃く、
心に勁松の影を抱える。

铁树

魂灵如铁硬，
花谢叶老逾千年，
春至幼芽攒。

Sago Cycas

Its soul is as hard as iron,

Its flowers fade and its leaves are ten-century old,

Spring makes buds spring.

蘇鉄の樹

魂は鉄のように硬く、
花は散り葉は老いて千年を逾え、
春が至れば若芽は集う。

椰树

远眺听海风，
浪头安家性灵涌，
日炽果香清。

Coconut Tree

It looks into the distance in sea breeze，
The waves settle down while souls surge，
The fruit is sweet when day is ablaze.

椰子の樹

遠くまで眺め海風を聞き、
波頭を家とし性霊が湧いてきて、
日は熾り果実の清らかな香りがただよう。

紫檀

荒山千年炼，
龙干傲骨润情怀，
紫气降人间。

Rosewood

Tempered a myriad years in barren hills,
The trunks are lofty and unyielding full of emotion,
Purple clouds descend to human world.

紫檀

荒山で千年も鍛え、
龍のような幹と傲骨は情懐を潤し、
紫気は人間界に降臨する。

紫藤花

藤固质本洁，
连串结簇花成海，
祥瑞自东来。

Wisteria

Sturdy and pure in nature are the vines，
They grow in clusters and hosts blooming like a sea，
From the east come the auspicious signs.

紫の藤の花

藤は固く本質は清潔で、
串を連ね束を結い花は海となり、
祥瑞は東より来る。

丹枫

圣火燃半空，
群山满目烈焰盛，
秋意怀丹枫。

Red Maple

In half the sky burn the holy flames,
In full sight are hills upon hills with flames,
Autumn cherishes red maple.

丹楓

聖火は空中に燃え、
群山に満目の烈焔が盛り、
秋意は丹楓を懐に抱える。

凤凰木

盛夏绿树旺，
花瓣熊熊烈焰长，
涅槃飞凤凰。

Flame Tree

Trees are green in midsummer,
Its petals burn like raging flames that glitter,
Like a phoenix rising out of fire.

鳳凰木

真夏に青々とする樹は茂り、
花弁は生い茂り烈焔は長く、
涅槃より鳳凰が飛び出す。

果子

浩淼天边外，
历练生死穷参悟，
枝头果子熟。

Fruit

Extending far in the yond sky,
Experiencing life and death in meditation,
Fruits are ripe on branches high.

果実

浩淼たる天辺の外、
生死の歴練をし悟りを極めつくし、
枝先の果実は熟した。

荷花

花苞擎令箭，
他花没有此花红，
盛夏开玲珑。

Lotus

Buds lift up token arrow,
Other flowers are not so red as this flower,
It blooms in midsummer.

荷花

花蕾は令箭荷花のように擎がっていて、
他の花は此の花より赤い物はなく、
真夏に玲瓏と咲き乱れる。

荷塘之夜

古池出新荷，
清香朦胧伴蛙鸣，
俯身掬月色。

Night by Lotus Pond

New lotuses are born from old pond,
They send faint scent and frogs croak in dim moonlight,
They bend to hold up the moonlight.

荷塘の夜

古池に新荷が出て、
清香は朦朧で蛙の鳴き声に伴い、
身を俯せ月の色を掬う。

菊韵

时令催菊黄，
花瓣片片秋歌扬，
陶潜诉衷肠。

Charm of Chrysanthemum

Time turns chrysanthemums yellow,
Petals and petals sing of autumn sorrow,
Tao Qian speaks out his mind of woe.

菊の韻

時令は菊が黄色くなるのを促し、
ひとひらまたひとひらの花弁に秋の歌は揚がり、
陶潜は衷情を訴える。

榕树

亭亭如车盖，
天孕地育气生根，
独木即成林。

Banyan

It is upright like a canvas top,

Conceived by Heaven and bred by Earth its roots prop,

One tree can make a forest atop.

榕樹

車蓋のように亭々とし、
天に孕み地に育ち気は根を生み、
独木即ち林になる。

银杏

小扇轻舞忙，
身姿窈窕白果香，
秋来换金装。

Gingko

Small fans are busy dancing gently,
Their postures are slender and the fruit is tasty,
They put on their golden dress nicely.

銀杏

小さな扇は忙しく軽く舞っていて、
姿は窈窕で白い実は香り、
秋が来て金の装いに換わる。

哲思篇

Meditation

哲思編

涤尘

拈花对明灯，
清风无字翻心经，
菩提木鱼声。

Laying Dust

Afore a bright lamp playing around，
The breeze turns pages of the heart channel with no words found，
Bodhi and wooden knocker's sound.

埃滌ぎ

花を摘んで明るい灯に向かい、
清い風は文字無く心経をめくり、
菩提に木魚の音。

古寺之春

参禅忘寥落，
青灯明灭桃花雪，
秋来采正果。

The Spring of the Time-honored Temple

In meditation forget sparseness，
Oil lamps flicker while pear blossoms are like snow，
In autumn get the ripe fruit.

古寺の春

参禅をしながら寂しさを忘れ、
青灯は明滅し桃花の雪、
秋が来て証果を採る。

雪中禅

寂静寺庙边，
龙鳞纷飞松做伞，
佛驻心无寒。

Meditating in Snow

By a temple silent and old,
On pines like umbrella squama-like snow swirled,
With Buddha in mind, I feel no cold.

雪の中の禅

静寂な寺の辺りで、
龍鱗はひらひらと飛んでいて松を傘とし、
仏は足を止め心に寒さは無い。

时光

鬓角渐染霜，
日出星消花凋零，
雪落两茫茫。

Time

Hairs on temples whiten gradually,
The sun and stars rise and set while flowers bloom and fade,
When snow falls we two feel empty.

時光

鬢の辺りは次第に霜に染まり、
日の出と共に星が消え花は散りゆき、
雪が落ちて両茫々となる。

茶之一

诗韵烹香茗，
古琴悠远手谈悦，
口甘神气清。

Tea（Ⅰ）

The poetic charm makes tea sweet，

Ancient zither spreads far while hands play chess pleasantly，

The sweet tea makes me spirited.

お茶その一

詩の韻は香茗を烹て、
古琴は悠遠で手談はこころよく、
口は甘く神気は清い。

茶之二

雾霾杂尘垢，
纸醉金迷众生病，
洗心翻茶经。

Tea（Ⅱ）

The haze and dirt mingle，
All beings fall ill when living in dissipation and luxury，
Turn over a new leaf with tea.

お茶その二

霧と霾に挟まる埃と垢、
紙酔金迷に病んだ衆生、
心を洗い茶経をめくる。

茶之三

老友至，
春雨润门庭，
新茶烹。

Tea（Ⅲ）

Old friends come,
Vernal rain moisten gate and courtyard,
I cook new tea.

お茶その三

老友が至り、
春の雨は門庭を潤し、
新茶を烹る。

布达拉宫

雪迷茫，
路远心魔障，
经声长。

The Potala Palace

The snow is puzzling and hazy,
Roads are far and the heart is obsessed evilly,
Scriptures are chanted patiently.

ポダラ宮

雪は茫漠とし、
路は遠く心に魔障があり、
読経の声は長い。

参观 "梦回大唐" 文物展有感之一

威名传万邦，
三彩熠熠国运昌，
举杯敬大唐。

On Visiting Cultural Relic of Dream of Returning to the Tang Dynasty（Ⅰ）

Great fame spread far and wide，
Three-colored glazed pottery reflected the national pride，
Rejoice at the Tang Dynasty's height.

「夢回大唐」文化財展示見学感想その一

威名は万邦に伝わり、
光らせた唐三彩は国運隆昌のしるし、
杯を挙げて大唐に敬意をあらわす。

参观 "梦回大唐" 文物展有感之二

文华忆盛世，
河啸山壮神气豪，
策马奔今朝。

On Visiting Cultural Relic of Dream of Returning to the Tang Dynasty（Ⅱ）

Brilliant poetry recalls the heyday，
We are proud that mountains and rivers are mighty，
We spur horses to march to today.

「夢回大唐」文化財展示見学感想その二

文華に盛世を思い出し、
河は嘯き山は壮大で神気もまた豪気、
今朝に向かい馬を駆る。

火柴

山中炼千年，
心有诗意阳光燃，
刹那起火焰。

Fire Wood

It is tempered in mountains a myriad years,
With poetry in mind even the sun can light it,
At an instant the flame appears.

燐寸

山中で千年も鍛え、
心に詩意があり日の光が燃えていて、
刹那に火焔が起こる。

清晨

芦花迎风摆，
星光隐退轻雾来，
日出梦添彩。

Early Morn

Reed catkins flutter in the breeze，
Mist comes while starlight does decrease，
Sunrise does my dream increase.

早朝

蘆花は風を迎え揺れていて、
星の光が消え薄霧が来て、
日が出て夢に彩りを添える。

韶山

出乡关，
五更雄鸡鸣，
东方红。

Shaoshan

He left his hometown，
Cocks crowed at early morn，
The east became red.

韶山

郷関を出て、
五更に雄鶏が鳴いて、
東方が紅くなる。

抽屉

拉抽屉，
寸长光阴短，
锁秘密。

Drawer

Pull a drawer,
It is inch long but time is shorter,
Secret hides in a locker.

引き出し

引き出しを引いて、
寸は長く光陰は短く、
秘密に鍵をかける。

驰骋

四季天边远，
跋山涉水英姿显，
金马配玉鞍。

Galloping

The horizon is far in all seasons,
We cross mountains and rivers with heroic bearing,
Golden horses deserve jade saddles.

馳騁

四季は天辺のように遠く、
跋山渉水に英姿を見せ、
金の馬に玉の鞍を配する。

生活

春光脚步匆，
车速朝夕分秒争，
蹊径心自通。

Life

Springtime footsteps hurry,

Cars vie for every second night and day,

One is self-taught in a short way.

生活

春光の足取りは急ぎ、
車の速度は朝夕の一分一秒を争い、
蹊径に心は自ら通じる。

医生

神农尝百草，
救死扶伤回春手，
道义双肩挑。

Doctors

To test the effect Shennong tasted grasses and herbs,
Healed the wounded and rescued the dying with magic hands,
Doctors carry moral principles with both shoulders.

医者

神農は百草を嘗め、
救死扶傷の回春の手、
道義を両肩に担う。

常德老西门有感

逝者如斯夫,
唐砖宋瓦石壁立,
流水常戚戚。

On Seeing the Old West Gate in Changde

All pass away like this,
Bricks and tiles of the Tang and Song Dynasties see stone walls still stand,
Water flows like this.

常徳老西門有感

逝く者は斯くの如きか、
唐の煉瓦宋の瓦石壁が立ち、
流水は常に戚戚とする。

地球仪

经纬一线牵，
山环水抱紧相连，
天远地亦偏。

Globe

Longitude and latitude thread the globe uniformly,
Surrounded by mountains and girdled by rivers it links all closely,
The horizon is far and the earth is out of the way.

地球儀

経緯は一線に牽引され、
山と水に抱かれ密接に繋いで、
天は遠く地も辺鄙だ。

丰收

金秋月儿圆，
披荆斩棘七十年，
砥砺永向前。

Bumper Harvest

The moon is full in golden autumn,
Seventy years have passed overcoming all obstacles,
Temper and march forward forever.

豊作

金秋の月は円満で、
披荊斬棘の七十年、
永遠に砥礪しながら前を向く。

峰顶

天高云影轻，
东西南北万千重，
风景揽怀中。

Summit

The sky is high and clouds float by,
Scenes abound in the four corners of the world,
All these scenes are in my chest.

峰頂

空は高く雲影は軽く、
東西南北に万千と重なり、
風景を懐に抱える。

天道

庄周梦蝴蝶，
雪花尽处鲜花开，
翩翩暗香来。

Way of Heaven

In his dream Zhuang Zhou saw a butterfly,
Where snow melted flowers bloomed by and by,
Hidden fragrance comes like a butterfly.

天の道

荘周の胡蝶の夢、
雪の華の尽きる所に鮮やかな花が咲いて、
うすうすとほのかな香りが来る。

泾渭

天道何昭声，
渭河混浊泾河清，
人生难分明。

Rivers Jing and Wei

Natural law is so clear,
River Wei is turbid while River Jing is clear,
In life nothing is so clear.

涇渭

天道をいかに昭然にするか、
渭水は混濁だが涇水は清く、
人生を分明にするのは難しい。

马路

纵横无限数,
来来往往忙寻觅,
何处有真谛?

Roads

Roads cross beyond count,
We come and go, busily seeking,
Where is the true meaning?

道路

縦横無尽で数は限り無く、
行ったり来たりして何かを探すのに忙しく、
真諦は何処にあるのか?

桥

行路多不平，
此岸迷茫彼岸遥，
诚心架长桥。

Bridge

Most roads are uneven,

On this shore one is puzzled but the other shore is far away,

Sincerity makes a bridge.

橋

行路は往々にして平坦ではなく、
此岸は茫漠で彼岸は遥か遠く、
誠心は長橋を架ける。

雷雨

风茫然，
天河雷电闪，
闯人间。

Thunderstorm

Winds are at a loss,
On heaven's river lightning does cross,
Rushing to our world.

雷雨

風は茫然とし、
天の河に雷電は光り、
人間界に闖入する。

鸟

天欲晓，
林间群鸟醒，
夜鼾声。

Birds

Day is to break，

Birds in the woods awake，

Someone snored all night.

鳥

夜は明けようとしていて、
林間の鳥の群れは目覚め、
夜の鼾の音。

黄昏

愁闷遍地卷,
无边落霞飞西天,
头枕夕光眠。

Dusk

Care and woe sweep the ground,

Boundless rosy clouds in the west fly around,

Pillowing twilight I sleep sound.

黄昏

愁いと苦悶は大地を席巻し、

無辺に落ちた夕焼けは西天に飛んでいて、

夕光を枕にして寝る。

李白

君自仙境来，
诗酒剑气醉他乡，
桀骜咏盛唐。

Li Bai

You came from the fairyland,
With poetry, wine and sword, you got drunk on alien land,
You praised prime Tang with a proud hand.

李白

君は仙境より来て、
詩酒剣気は他郷に酔い、
強情に盛唐を詠う。

杜甫

笔墨重千钧，
诗圣躬身眷人间，
血泪谱诗篇。

Du Fu

Pen and ink are extremely heavy，
The poet-sage bent to write about human world，
Blood and tears made his poetry.

杜甫

筆墨は千鈞のように重く、
詩聖は身をかがめ人間界をかえりみて、
血涙で詩篇を譜す。

王维

头枕诗画眠，
生死来去浑无相，
心净可参禅。

Wang Wei

He slept pillowing painting and poetry,
In life and death he came and went with tranquility,
In practicing meditation he cleared his worry.

王維

詩画を枕にして寝て、
生死去来はまったく無相であり、
心浄のため参禅できる。

李清照

春尽留残秋，
风卷冷雨浸兰舟，
梧桐点点愁。

Li Qingzhao

From sweet spring to fading autumn，

Chilly wind and cold rain invaded her boat of sorrow，

Chinese parasol trees see woe after woe.

李清照

春が尽き残秋が留まり、
風は冷雨を巻き蘭舟を浸し、
梧桐は哀愁ただよう。

逍遥

远离尘嚣外，
群山相连水相通，
人在仙境中。

At Leisure

Far from the madding crowd，
Hills link together while rivers merge on vast land，
Man is at leisure in a fairyland.

逍遥

人間界の喧騒から遠のき、
山々は連なり水は通じ合い、
人は仙境の中にいる。

重阳节

秋高雁南飞，
年年此刻庆重阳，
黄花分外香。

Double Ninth Festival

To the south in deep autumn wild geese fly，
This day of each year the double ninth comes by，
Very sweet are yellow flowers far and nigh.

重陽節

秋は高く雁は南に向かい飛んでいき、
毎年のこの時刻に重陽の節句を祝い、
黄花はいっそう香り高くなる。

鸟鸣

冬去春苏醒，
群鸟啁啾飞树丛，
青翠天外声。

Bird Chirping

Spring wakes up when winter passes by,
All birds chirp and fly in woods low and high,
Their chirping seems to come from the sky.

鳥の鳴き声

冬は去り春は蘇り、
鳥の群れはさえずりながら木々の間に飛び交い、
青々とした天外の声。

晨

星入梦，
霞飞炊烟笼，
听鸟鸣。

Morning

Stars dream while the sun is high,
Rosy clouds and chimney smoke meet in the sky,
Listen to birds sing in spirits high.

朝

星は夢に入り、
霞は飛んでいて炊煙は籠り、
鳥の鳴き声を聞く。

家乡篇

On Hometown

故鄉編

冬思

故园唤雁归，
隔窗冰花炉火催，
思绪雪中飞。

Winter Thoughts

The hometown calls wild geese to return,
Frost flowers on windows and stove fire urge in turn,
In snow thoughts fly about and return.

冬思い

故園で雁の帰りを呼んでいて、
氷の花と燃え上がる炉火は窓を隔て、
思いは雪の中を飛んでいる。

旧宅废墟

昨夕笑语浓，
土墙仆地屋顶倾，
日出炊烟升。

Ruins of the Former House

Last night people laughed heartily，
Clay walls and the roof collapsed flatly，
At sunset smoke rose from chimney.

旧宅廃墟

夕べは笑い声が高く、
土塀は地面に倒れて屋根も傾き、
日の出と共に炊煙が立ち昇る。

返乡

旧宅竹丛青，
爹温老酒娘做羹，
路滑紧慢行。

Returning to Hometown

In old courtyard the bamboos are green,
Mother makes soup while Father warms wine,
On slippery roads I walk with caution.

帰郷

旧宅の竹の叢は青々となり、
親父は老酒を温めおふくろは羹を作り、
道は滑りやすいため急ぎ足を緩める。

小年

灶神祭上天，
丰衣足食眷民间，
爆竹贺小年。

Minor New Year

Sacrifice to kitchen god on minor new year,

May all people have ample food and clothing every year,

Firecrackers celebrate the minor new year.

小年

かまど神を祭って天上界に送り、
民間は豊衣足食に恵まれ、
爆竹で小年を祝う。

年关

春联闪霓虹，
汽笛短促鸡长鸣，
夜雪映归程。

The End of the Year

Spring festival couplets play by neon light,
Steam whistles are short while cocks crow long,
Snow shines on journey home at night.

年の関

春聯はネオンの閃きを映し、
汽笛は短く鶏は長く鳴りつづけ、
夜の雪は帰途を映す。

爆竹

霹雳声声唤，
辞旧迎新又一年，
万姓仰头观。

Firecrackers

Firecrackers are discharged like the thunder,
We send off the old year and welcome the new year,
All people look up and watch here and there.

爆竹

鳴りやまない霹靂の音が喚いていて、
年の暮を辞し新年を迎え又一年、
万姓は頭を仰ぎそれを見る。

友情篇

On Friendship

友情編

兄弟

红叶拥山峦，
雁鸣长空情谊远，
举杯心手牵。

Brothers

Red leaves hug hills after hills,
Wild geese chirp in the vast sky with lasting feelings,
Raise glasses hands in hands.

兄弟

紅葉は山々を擁し、
雁は長空に鳴き情は奥深く、
杯を挙げて心と手を繋ぐ。

返厦门

红瓦绕绿树，
故地心海栖白鹭，
热血酒一壶。

Return to Xiamen

Red tiles encircle green trees,
In my heart's old place egrets perch at ease,
Warm wine in pot is to please.

厦門に返る

赤い瓦は緑の木々を囲み、
故地の心海に白鷺が棲み、
熱血の酒を一壺。

夜宴

瑶池杯莫停，
花作菜肴露做羹，
醉剑指繁星。

Night Banquet

At the immortal abode keep on drinking，

Flowers are regarded as dishes and dewdrops as thick soup，

The drunk sword points at stars twinkling．

夜の宴

瑶池での杯を止めないで、
花を肴に露を羹にして、
酔い剣は幾千の星々を指す。

君消愁

岁初君消愁，
梅伴佳茗余香远，
温酒注瓦瓯。

You Relieve Your Grief

You relieve your grief in early spring,
Plums accompany good tea with fragrance lasting,
Warm wine keeps tile bowls spilling.

君憂さ晴らし

年明けに君の憂さを晴らし、
梅は佳茗に伴い余香は奥深く、
温酒を甕に注ぐ。

诗友

车至骏马鸣，
秋风温顺霜含情，
诗酒宴宾朋。

Poet Friend

When the cart arrives, steeds loudly neigh,

Docile autumn winds and frosts with fond feelings stay,

Entertain with poems and wine as we may.

詩の友

車は至り駿馬は鳴き、
秋風は温順で霜は情を含み、
詩と酒を持って宴で賓朋を招待する。

广陵散

知音天际远，
铁马冰戈月未残，
柔情广陵散。

Guangling Zither Melody

Bosom friends may be far away，
The moon wanes not while fire and sword still play，
In Guangling melody tender feelings sway.

広陵散

知音は天の際のように遠く、
鉄の馬と氷の戈月は未だ残らず、
柔情に満ちた広陵散。

垂钓篇

On Fishing

垂钓編

江夜

扁舟月无声，
望空撒网鱼儿跳，
俯身摘晨星。

Night on the River

The boat is small while the moon is silent,
Looking up I cast the net where fishes leap,
Looking down I pluck some morning stars.

江夜

扁舟に無声の月、
空を望み網を投げ魚は跳ね、
身を俯せ晨星を摘む。

渔

急律令，
鱼追痴钓翁，
戏倒影。

Fishing

Urgent imperative!
Fish run after the silly fishing man!
The play is inverted.

漁

急律令、
魚は痴れた釣翁を追い、
倒影に戯れる。

垂钓

渭水池塘远，
钓线初春漾清风，
何劳姜太公？

Angling

River Wei is far away,
The angling line sways in breeze in early spring,
Why bother Jiang Taigong?

垂釣

渭水の池は遠く、
釣糸は初春の清らかな風にただよい、
姜太公を労するわけはどこにあるのか？

午夜垂钓

钓钩抛水中,
只见鱼儿睡朦胧,
梦游满天星。

Fishing at Midnight

The hook is cast into the water,
The fishes are still in their slumber,
Stars sleepwalk in great number.

真夜中の垂釣

釣針を水中に投げ、
ただ朦朧に寝ぼけた魚だけが見え、
夢の中で満天の星のもとに遊ぶ。

景物篇

On Scenery

景物編

苍鹰

雪原我为雄，
杂花茂草卷黄叶，
展翼啸天风。

The Eagle

On snowfield I am the hero,
Varied flowers and straws mix with leaves yellow,
In high sky I take wings and howl.

蒼鷹

雪原で我は雄と為り、
雑花に茂り草黄葉を巻き、
翼を広げ天の風に嘯く。

淇澳岛

夕阳恋彩霞，
渔家灯火海浪逐，
孤舟诗句溯。

Qi'ao Island

The setting sun loves the rosy clouds,
The fishing boats are lit while waves chase one another,
On a lonely boat poems are recalled.

淇澳島

夕日は彩霞が恋しく、
漁家の灯火は海の波を追い、
孤舟は詩の句を遡る。

校园清晨

墨香卷山风,
晚灯无垠敲晨钟,
湖波泛书声。

Morning on the Campus

Ink fragrance wafts with mountain winds,
Evening light lasts till the morning bell tolls,
Lake waves echo the sound of reading.

キャンパスの朝

墨の香りは山風を巻き、
限り無く夜の灯は晨鐘を鳴らし、
湖の波に読書の声が浮かび上がる。

雨

浩瀚天河边，
雷车电驾巡凡尘，
天地一线穿。

Rain

By the river bank vast and broad,

Thunderbolt and lightning inspect the human world,

Heaven and Earth are linked by one thread.

雨

浩瀚な天河のほとりで、

雷の車と電の駕で凡界を巡り、

一線で天と地を貫く。

夕阳

西天起火焰，
禅心万道照星汉，
性灵祛阴暗。

The Setting Sun

A flame rises in the western sky,
Rays of meditative mind shine the Milky Way,
Intelligence removes the gloomy.

夕陽

西天に火焔が起こり、
万道の禅心は星漢を照らし、
性霊は陰暗を祓う。

夜空

迢迢银河影,
无边苍穹无数星,
仙人忙点灯。

The Nocturnal Sky

Far away is the Milky Way,
Stars are beyond count in the boundless sky,
Immortals light lamps quickly.

夜空

迢迢たる銀河の影、
無辺の蒼穹に無数の星、
仙人は灯を点すのに忙しい。

天池

安家群山间，
冰霜风雷闪紫电，
澄澈开天眼。

Heavenly Lake

It settled down amid the mountains,
It experiences all kinds of changing weather,
It is a heavenly eye so clear.

天の池

群山の間を家とし、
氷霜風雷に突如光った紫の稲妻、
透き通る天の池は天眼を開いた。

都市篇

On Metropolis

都市編

光影

疏枝撒银线，
高楼明月映苍穹，
掩窗入好梦。

Light and Shadow

Through sparse branches shines the silvery light,
Tall buildings and the heaven are illuminated by moonlight,
Dream only when you draw the curtain at night.

光と影

疎ら枝に銀の糸を撒き、
高楼明月は蒼穹に映り、
窓を閉め好い夢に入る。

广州之夜

街衢渐入梦，
车闪江桥贯彩虹，
灯罩不夜城。

Night in Guangzhou

Streets and roads fall asleep gradually，
Cars flash，rivers and bridges are decked with neon rainbows neatly，
Light shines on the brightly-lit city.

広州の夜

街衢は次第に夢に入り、
車は江の橋で閃き虹を貫き、
灯は不夜城に覆いかぶさる。

快走珠江边

人众夜消声，
游船江面闪霓虹，
疾步掠清风。

Walking Fast by the Zhujiang River

People are many while quiet is the night，
The boats on the river shine with neon light，
Walk fast to get breeze joyous and light.

珠江の畔を快走

人は多く夜は音を消し、
遊覧船は江面を進みネオンの光を映し、
急ぎ足で清い風を掠める。

长沙

星城踏足迹，
岁月如舟湘江流，
仰橘子洲头。

Changsha

Find our traces in the city of stars,
Time is like a boat flowing down River Xiang,
Looking up I see the Orange Islet.

長沙

星の町に足跡を踏み、
歳月は舟のように湘江を流れ、
橘子洲頭を仰ぐ。

广州塔

度量拔地起，
身姿风中任妖娆，
魂灵通天高。

Canton Tower

It rises straight from the ground,
Its posture in the wind is so enchanting and rarely found,
Its soul touches the sky or around.

広州タワー

度量は地を抜くように起こり、
姿は風の中でなまめかしく揺れ、
魂は通天のように高い。

街道

东西南北分，
来来往往恋红尘，
灵魂何处寻？

The Streets

Streets extend to four directions diversely,
People come and go in love with the worldly society,
Where is the soul to be found easily?

街道

東西南北に分かれ、
行ったり来たりして紅塵が恋しく、
魂は何処で尋ねるのか？

地铁

钻地龙，
出神入虚空，
问去从。

Subway

Like an earthworm,
It is superb to enter the empty tunnel,
Where to and from?

地下鉄

地を潜る龍、
神出鬼没のように虚空に入り、
出どころと行く末を問う。

黄河组诗

Suite Poems on the Yellow River

黄河のシリーズ詩

之一　源头

梵音祈冰川，
汨汨清流绕神山，
圣洁魂灵牵。

The Fountainhead（Ⅰ）

Glaciers are prayed in heavenly music,
Clear streams gurgle around saint mountains,
Holy and pure souls all interlink.

その一　源流

梵音は氷河を祈り、
せせらぎは神山をめぐり、
聖潔な霊魂をつなぐ。

之二　曲折

征途万里连。
九十九道情怀弯，
奔腾入海天。

Zigzag（Ⅱ）

The river's journey extends far and long，
The river winds and winds while feelings throng，
The water surges into the sea-sky along.

その二　曲折

征途は万里に連なり、
九十九の道に情懐が曲がり、
奔騰して海空に入る。

之三　黄皮肤

肤色似水流，
千载文明担春秋，
仁心胸怀厚。

The Yellow Skin（Ⅲ）

The skin resembles the Yellow River,
The myriad-year civilization lasts year after year,
Benevolent hearts link one another.

その三　黄色い肌

肌の色は水の流れの如き、
千載の文明は春秋を担い、
仁の心は懐が深い。

之四　灾难

旱涝复饥荒，
千年挺起铁脊梁，
苦难炼荣光。

Disaster（Ⅳ）

Drought and flood plus famine，
Ten centuries of iron backbone does remain，
Misery tempers a glory chain.

その四　災難

旱魃に洪水に飢饉を加え、
千年に鉄の脊梁を伸ばし、
苦難は栄光を鍛える。

之五 壶口瀑布

取道劈深山，
浊流直下路辗转，
壶口威名传。

Hukou Waterfalls（V）

The river cleaves into the deep mountain,
Turbid waters drop direct down like a curtain,
The fame of Hukou spread under heaven.

その五　壺口の瀑布

道を取り深山を切り開き、
濁流が直下し道が曲がりくねり、
壺口の威名が伝わる。

之六　黄河故道

沉积千万年，
皇天后土埋祖先，
童叟说从前。

The Old Riverway of the Yellow River（Ⅵ）

Sedimentation of centuries and centuries，

The Heaven and Earth buried our ancestors，

Both the old and young speak of past stories.

その六　黄河の故道

千年も万年も沈積し、
皇の天と后の土に祖先が埋まれ、
童叟は昔のことを語る。

长江组诗

Suite Poems on the Yangtze River

長江のシリーズ詩

之一 远古

清流远古来，
翻朝越代浪浩荡，
高歌飘江上。

The Remote Past（Ⅰ）

Since antiquity flew streams clear,
Waves and tides have always been high,
High singing floats over the river.

その一 遥か昔

せせらぎは遥か昔から流れ、
朝を翻り代を越え波が浩々とし、
高歌は江の上に漂う。

之二　鱼米之乡

千年忽一晃，
情深反哺亲人望，
渔樵对歌忙。

Land of Fish and Rice （Ⅱ）

Ten centuries is but a flick of figure,
With deep emotion it back-feeds kinsfolk altogether,
Fishermen sing to one another.

その二　魚米の郷

千年が一瞬のようにまばたき、
深情で肉親の望みに報い、
漁樵は対歌に忙しい。

之三　三峡

时光溯盘古，
劈山越岭三峡出，
气度匹敌无。

The Three Gorges（Ⅲ）

Times go early and earlier,
Three gorges were formed on the Yangtze River,
Its bearing no one can peer.

その三　三峡

時は盤古に遡り、
山を切り嶺を越え三峡が出て、
度量に匹敵するもの無し。

之四　母爱

母亲常依偎，
两岸生命尽哺育，
大爱舍其谁。

Maternal Love（Ⅳ）

Mother and babies often cling together,
The Yangtze River feeds all beings along the river,
Such a great love whoever can peer?

その四　母の愛

母親は常に寄り添い、
両岸の生命をすべて育て、
大愛は其れをおいて誰にできるか。

之五　海山

从西流到东，
山海情缘一线牵，
胸怀广无边。

The Sea and Mountain（Ⅴ）

From west to east the river flows,
The Yangtze River and hills are linked as it goes,
The rivers broad heart overflows.

その五　海山

西から東へ流れ、
山海の情縁が一線でつなぎ、
胸懐は果てしなく広い。

之六　春潮

春风潮信来，
摧枯拉朽浑不羁，
一路涛声开。

Vernal Tides（Ⅵ）

The vernal wind brings news of tide,
Destroying the corrupted with all might,
All the way the tides roar in delight.

その六　春潮

春風潮便りが来て、
枯れ草を砕き朽ち木を引き倒しまったく不羈で、
一路に波の音が響き渡る。

珠江组诗

Suite Poems on the Zhujiang River

珠江のシリーズ詩

之一　奔腾

浪涛奔向前，
岁月织就江如练，
魂驻南海边。

Surging Forward（Ⅰ）

Waves and tides surge forward merrily，
Zhujiang River has been weaved by time constantly，
Guarding on the edge of the southern sea.

その一　奔騰

波が前に奔流し、
歳月は白絹のような江を織りあげ、
魂は南海の辺にやどる。

之二　美珠

奇珍瀚海产，
玉质精粹光彩现，
美珠耀岭南。

Beautiful Pearl （Ⅱ）

Rare pearls are born in the vast sea,
The best jade sparkles the world in best quality,
Nice pearls shine Guangdong nicely.

その二　美珠

奇珍は瀚海から産まれ、
玉質の精粋に光彩が現れ、
美珠が嶺南を耀かす。

之三　哺育

河道育华南，
福泽众生报苍天，
沿途万物繁。

Feeding（Ⅲ）

Rivers breed the Southern China,
Rewarding Heaven by feeding all the beings,
Along the way all things prosper.

その三　哺育

河道は華南を育て、
衆生を福沢し蒼天に報い、
沿途に万物が繁る。

之四　岭南风情

南风入窗扇，
炊烟袅袅摇渔船，
河海船歌连。

Scenes South of the Five Ridges（Ⅳ）

Southern breeze squeezes into the window,
Smoke curls from kitchen chimneys and rows a boat,
Rivers, seas and boat songs hand in hand go.

その四　嶺南の風情

南風が窓に入り、
炊煙がゆらゆらと漁船を揺らし、
河海に船歌が連なる。

之五　小蛮腰

窈窕白云间，
俯瞰江山入画卷，
多情珠水牵。

The Slim Waist（V）

So beautiful among clouds over,

The Slim Waist overlooks the picturesque world,

So passionate is Zhujiang River!

その五　小蛮腰

窈窕たる白雲の間、
江山を俯瞰し絵巻に入り、
多情な珠水をつなぐ。

之六　改革开放

吐故纳新篇，
中外合璧四海传，
弄潮争当先。

Reform and Opening up（Ⅵ）

Getting rid of the stale and taking in the fresh，

China and foreign countries combined harmoniously， spreading to the whole world，

All tried to take the lead in the reform afresh.

その六　改革開放

昔のものを捨て新編を取り入れ、
中外は合璧し四海に伝わり、
潮を弄び先を争う。

后记

汉俳是由日语俳句借鉴而来，是世界上最简洁的格律诗。日语俳句的独特之处，是全诗三行，一共十七个音：5 + 7 + 5。汉俳指用汉语写的俳句，全诗三行，一共十七个汉字：5 + 7 + 5。日语俳句不要求押韵，汉俳也可以不押韵，但应尽可能押韵，目的是和中国古诗的声韵相衔接，以满足中国读者的审美需要。押韵可以是一三行、二三行、一二三行。近年来，有诗人发明了作为汉俳变体的小汉俳，全诗三行，十一个汉字：3 + 5 + 3。在写俳句时，神、形、意都要照顾到，力求达成平衡和最佳结合。

我是从 2017 年下半年开始写汉俳的。之前读过一些汉俳，也略微了解一些关于汉俳的知识，但并没有仿写的动机。直到 2017 年国庆节前后，我留意到我的挚友、汉俳研究权威、中山大学外国语学院日语专业的佟君教授经常在微信朋友圈发布他写的日语俳句，突然有了想写作的打算，于是提笔写下了我的第一首汉俳：

荷残菊花开，
北风冷雨添衣裳，
闲坐数雁行。

我把这首题为《秋日》的汉俳发布在各个微信群里，没想到竟然获得了广泛的好评，这极大地刺激了我写汉俳的动力。于是一发而不可收拾，从此以后便始终坚持写，一直没有停笔。我无法用日语写作，于是只用汉语写作俳句。我也把我的第一首汉俳的末句，当作本书的标题。

日语的传统俳句必须有季语，但我写的汉俳很大一部分没有用季语。其中主要原因有二：第一，日本的季节感和中国有很大

不同，而且中国幅员辽阔，各地的季节感也有很大的差异，经常无法形成统一的季语；第二，我书写的宏大的事物，往往无法对应季语。这两点和日本一些现代俳人突破季语的做法形成了呼应。

日语俳句和汉俳都是抒情性的诗歌体例，我书写汉俳的题材和主题不拘一格，大大小小的事物都能写。从花草树木到天地万象，从山溪小径到大江大河，无不包括在内。我的想法是，用汉俳突破日语俳句传统的精细审美，试着写比较宏大的事物，一个主要方式是用系列汉俳来表达，比如我的"黄河组诗""长江组诗"。

我热爱汉俳，多年来笔耕不辍，希望能为这种新的格律诗的发展贡献微薄的力量，从而拓宽中国现代文学的范畴；也希望读者能够喜欢我的作品，从中得到美的感受。

感谢我所在的七剑诗社，我是霜剑，另外六剑分别是论剑龚刚教授，问剑杨卫东兄，花剑李磊教授，和剑张蔓军兄，柔剑张小平教授，灵剑薛武兄。他们一直以来始终支持我的汉俳创作，特别是龚刚教授，更是给予我不懈的指导和鼓励。也要特别感谢李磊教授拨冗为本书撰写序言。

感谢著名诗人、中国诗歌学会会长杨克教授长期以来对我创作的支持和鼓励，特别要感谢他为本书题鉴。

感谢佟君教授，是他把我引领上写作汉俳的道路，经常给予我指点和鼓励，还曾经在课堂上讲过我的汉俳，并拨冗为本书撰写序言。

感谢本书所录汉俳的英语译者李正栓教授和日语译者陈斯博士，他们不辞辛苦地翻译我的作品。特别是李正栓教授，一直给予我精神上的支持和鼓励，也曾在课堂上讲过我的汉俳，是我创作的莫大动力。

感谢陈希教授、孟朝岗教授、李祥立教授、伍志杰教授、石永浩教授、郭平印老师、段乐三老师等，以及广大微信诗友给予我的支持、帮助和指点。

感谢日本朋友海村惟一教授，他给予了我很多有益的指点，

热心地帮助我纠正偏差。

感谢加拿大籍华人何冰老师不辞辛苦地翻译我的汉俳。

感谢暨南大学出版社杜小陆副社长和责任编辑康蕊女士，是他们的大力支持，使本书的出版成为可能。

朱坤领

2024 年 9 月 20 日